Antecedentes

Literatura Mondadori, 416

Antecedentes

JULIÁN RODRÍGUEZ

MONDADORI

Barcelona, 2010

Quedan prohibidos, dentro de los límites establecidos en la ley y bajo los apercibimientos legalmente previstos, la reproducción total o parcial de esta obra por cualquier medio o procedimiento, ya sea electrónico o mecánico, el tratamiento informático, el alquiler o cualquier otra forma de cesión de la obra sin la autorización previa y por escrito de los titulares del *copyright*. Diríjase a CEDRO (Centro Español de Derechos Reprográficos, http://www.cedro.org) si necesita fotocopiar o escanear algún fragmento de esta obra.

© 2000, 2010, Julián Rodríguez Marcos
© 2010, de la presente edición en castellano para todo el mundo:
Random House Mondadori, S. A.
Travessera de Gràcia, 47-49. 08021 Barcelona
Primera edición: enero de 2010
Printed in Spain – Impreso en España
ISBN: 978-84-397-2219-9
Depósito legal: B-42.122-2009
Fotocomposición: Fotocomp/4, S. A.
Impreso en Limpergraf

Encuadernado en Encuadernaciones Bronco

GM 2 2 1 9 9

*Estos textos siguen siendo de aquéllos
a los que fueron dedicados en el año 2000*

ÍNDICE

Prólogo (declaraciones diez años después) 11

PRIMERA PARTE

Muerte 17
Significados 25
Nevada 29
Navidad 31
Patchwork (Regreso) 41
Casa 43
Luz falsa 47
Terquedad (La versión de Balzac, I) 49

SEGUNDA PARTE (TEXTOS EXTRANJEROS)

Virtud 53
Maximilian Kolbe 57
Je crois au matin 63
Habla Zuleika, mujer de Putifar, que amaba a José,
   hijo de Jacob 65
Palabras 67
Materia de dos corazones 69
Nombres 73

TERCERA PARTE

Pietà 77
Filosofía 81
Pensamientos de las seis de la mañana 85
Desconcierto (La versión de Balzac, II) 87
Patchwork (Vacío) 91
Vida 93
Juventud 95
Manzanas 99

Notas a los textos 103
Agradecimientos 107

PRÓLOGO
(DECLARACIONES DIEZ AÑOS DESPUÉS)

UNO

Este libro fue un laboratorio.

DOS

Está compuesto por dos libros diferentes:

Mujeres, manzanas: un volumen de relatos publicado por primera vez en 2000, en una edición limitada de la Editora Regional de Extremadura: exhibía en su cubierta un fragmento del cuadro de Gagnaccio di San Pietro *Después de la orgía*, pintado en 1928, y cuya elección, alguien, tiempo después, me reprochó: por las mujeres desnudas y como idas que aparecían en el suelo; por las botellas y copas de champán vacías; por los naipes. Y quizá también por la cortina que había al fondo, en una esquina. Quien hizo los reproches, imaginaba que un hombre se escondía detrás de la cortina y espiaba a las mujeres.

Nevada: un poemario que publicó la editorial Renacimiento. Ese mismo año 2000.

Al principio, ambos libros fueron uno solo, como lo son ahora. Los separé por motivos editoriales. No me pareció mal del todo (entonces).

TRES

Titulé el volumen de relatos *Mujeres, manzanas* en recuerdo de los *Poemas, manzanas* de Joyce (*Pomes Penyeach*. «Pomas a un penique cada una», literalmente. Pero traducidos siempre, siguiendo el juego de palabras del original, como *Poemas, manzanas*; *Poemas manzanas* o *Poemas manzana*). Y en recuerdo del *Parejas, transeúntes* de Botho Strauss. Titulé el poemario *Nevada* en recuerdo de algunos textos de Heinrich Böll.

CUATRO

La cubierta de *Mujeres, manzanas* incluía las fechas de composición del volumen, de agosto de 1997 a enero de 2000 (cuando también fue compuesto, como dije antes, *Nevada*), y una cita extraída de *Los días felices* de Samuel Beckett. Winnie, la mujer enterrada en el montículo de esa pieza teatral, decía a Willie: «Las palabras nos abandonan, hay momentos en que incluso ellas nos abandonan». (Un lema que me había acompañado como lector más de una década. Su inclusión fue parte de ese proceso de investigación «narrativa», de trabajo de laboratorio. Como si fuera necesaria, su inclusión, para que actuara sobre los discursos subyacentes en cada relato del libro.)

Beckett, junto a Franz Kafka, era una presencia importante, no sé si desdibujada, en todo lo que escribía entonces. En especial, el Beckett *posterior* a las novelas. La presencia de Kafka (el de los cuentos y *cuadernos*) aparecía, tal vez, filtrada por otros autores que lo leyeron antes que yo (el Luigi Malerba, también influido por Beckett, de *El descubrimiento del alfabeto*; el Sciascia, con matices derrobertianos y pirandellianos, de *Las parroquias de Regalpetra*; y el Kafka *lírico* mezclado con el discurso, revisado, de los *Angry Young*

Men de John Berger) o que fueron sus contemporáneos (sobre todo Robert Walser; las «estampas» de Robert Walser). Había una presencia más, y aun de mayor relevancia, que no he descubierto hasta hace poco, al releer dos libros de Robert Musil que me impresionaron mucho en su día, dos títulos en apariencia menores: *Uniones*, de 1911, y *Tres mujeres*, de 1924. La sexualidad del primero y el *ruralismo* nada bucólico de parte del segundo fueron el detonante de mis relatos. Estoy seguro de ello ahora. Y algún cuaderno lleno de notas sobre ambos libros señala momentos de esos textos que luego, desviando temas y motivos, confluyeron en *Mujeres, manzanas* y en *Nevada*.

CINCO

Otras presencias, quizá menos relevantes y por eso, fácilmente declarables entonces en los postfacios de *Mujeres, manzanas* y *Nevada*, como hacemos al cruzar algunas fronteras, eran las de Wendy Cope, Marina Tsvietáieva, Dick Davies, la Marta Pessarrodona de *Berlin Suite*, las «voces» de Antonio Porchia y la Tess Gallagher de *At the Owl Woman Saloon*, que lograba en ese libro construir por vez primera, a partir de una lectura renovadora de la obra de su marido, Raymond Carver, un espacio de ficciones «femeninas» de una *neutralidad* pasmosa, prolongando, por otro lado, el trabajo de escritoras como Katherine Mansfield, Dorothy Parker o Jean Rhys.

Seguí a estos autores como si fueran mi *I Ching* particular, y en ocasiones vertí en ambos libros abundantes guiños y homenajes: como si en el «laboratorio» se impusiera en ocasiones el lector que fui, que soy, al escritor que quizá deseaba ser, quien, cuando abandonaba los nombres propios, buscaba lugar, territorio, para los seres que habitaban cada texto, muchas veces a la intemperie. (Recuerdo que comencé este libro, ambos libros, el verano de 1997, pero fue un verano para mí invernal.)

Y SEIS

La disposición de los textos de aquellos dos libros en esta nueva edición (de la que he suprimido algunos cuentos y poemas incluidos en 2000 y a la que he añadido algún relato que dejé de lado en su día porque me parecía, curiosamente, ajeno al *sentido total* que buscaba) obedece a un criterio que, hoy, me parece más cercano a lo que siempre deseé que fueran: un solo libro.

# PRIMERA PARTE

MUERTE

Le pareció extraño el título de aquel poema, «Hermosura en la guerra», pero comenzó a leer.

Primavera, verdeces
poderosa y suave
y el espacio se llena
de presencias que abren.

Se detuvo en la primera estrofa. Era primavera en el poema y también en la realidad. Bajo el pórtico de la iglesia, casi en sombras a pesar de que era media tarde, podía espiar a los que pasaban por la carretera en dirección al río, o camino de los huertos. Una muchacha barría las cáscaras de cacahuetes que los niños habían arrojado a la puerta del bar. Cada poco, su madre le gritaba desde el interior para que acabara de una vez. En el poema no estaba ninguna de las dos mujeres, pero no dejaba de pensar en ellas mientras leía.

Tiempo viejo, tu mano
con qué fuerza se agita;
vuelve el sol, vuelve todo,
vuelven, sí, golondrinas.

La tarde anterior, antes de anochecer, había paseado hasta el viejo hospital de tuberculosos.

Las ventanas habían sido tapiadas, algunas techumbres se habían derrumbado. Recordaba aún las sillas de ruedas pintadas de gris, las monjas casi famélicas al poco de acabar la guerra, los enfermos y sus cavernosas voces, pero no el olor a mimosas entre los eucaliptos.

Los naranjos salvajes estaban llenos de azahar, se dejaban ver ya algunos racimos de uvas en la parra que trepaba hasta el segundo piso. Junto a la puerta principal, alguien había amontonado un centenar de tejas intactas. Todo parecía lleno de paz, y sin embargo, todo parecía también falto de vida.

Los huertos que cercaban la Factoría, donde las monjas sembraron patatas, o remolachas, o nabos, y más tarde tomates y judías, eran ahora un maizal. Una pequeña balsa de agua construida con hormigón servía para el riego durante el verano.

Se había sentado junto a las compuertas y se había dispuesto a leer aquel libro de versos. En la primera estrofa, como hoy, algo la detuvo. No la muchacha del bar, no los niños que venían del baño. Cerró primero los ojos, luego el libro. Después comenzó a andar cuesta abajo, por el camino viejo, el empedrado, en dirección a su casa.

La madre se asomó a la ventana que había a un extremo de la barra del bar y maldijo a su hija. La hija no hizo caso y siguió barriendo pausadamente, como si no le importara. Una vieja DKW se detuvo en medio de la carretera. El muchacho que la conducía dijo algo entre risas y ella dejó de barrer.

A aquella distancia, con el ruido del motor rezongando cada vez más fuerte, no podía entender de qué hablaban, pero lo imaginó. La furgoneta se puso de nuevo en marcha cuando la dueña del bar apareció otra vez en la ventana.

*Mas ahora no hay besos.
Hoy la muerte no mata,
nos destroza tan sólo,
no termina, desgarra.*

Pensó un momento en el autor del poema. Imaginó también su dolor al escribirlo. Porque ese dolor, se dijo, tenía que ser real. Como portadilla de los versos, aquel título, «Hermosura en la guerra», y un paréntesis dentro del que se leía «España, mayo, 1938». Cerró el libro de nuevo.

Primero era una punzada en la espalda, luego el cansancio en los hombros. Enchufaba la manta eléctrica y se recostaba en la cama cerrando los ojos. El calor se hacía presente alrededor del cuello, pronto descendía hasta el pecho.

Mustio, se dijo. Tengo el pecho mustio.

En la pared de la alcoba colgaban los retratos de sus padres y de sus abuelos. Bajo ellos, como en una pirámide invertida, su propio retrato: una niña de diez años que acaba de quedarse huérfana.

¿Dónde te duele?, recuerda que le preguntó el médico. Ella señaló el vientre.

Él sonrió, miró a la enfermera, una muchacha del pueblo, y a la madre de la niña:

Está mal alimentada.

La madre suspiró, como si pensara: Todos lo estamos. Pero no dijo nada.

El médico le pellizcó las mejillas antes de salir del consultorio. Ella, todavía está vivo el recuerdo, adivinó que moriría pronto, aunque era joven aún.

¿Y el médico del hospital?, preguntó tiempo después, cuando regresó de Argentina.

Lo fusilaron por «rojo», respondió alguien.

La gente se encogía de hombros cuando no quería responder. La mujer del bar, sin embargo, contestaba a todas sus preguntas.

Decían que su hija se entendía con algunos hombres del pueblo, todos casados, y que a ella no le importaba.

Aumenta la potencia de la manta eléctrica, gira el botón hasta la señal roja. Enciende luego la lamparita que hay sobre la mesilla y lee: *Io non amo né il dolore né il piacere*. Se detiene en esa primera frase. Piensa en otro muerto: su marido. Ya no lo echa de menos, se dice, sorprendida de su propia crueldad.

Si lo quieres, cásate con él, soltó su madre. Y también: ¿Habla nuestro idioma?

Ella se había reído: eso era todo lo que le preocupaba. Y si era cristiano, claro.

Es italiano, madre, no árabe.

La vita è un supporto, non una ragione, la vita è necessaria, ma non è sufficiente: questa è la lezione che ci viene dai morti.

Él la educó. Ella supo más tarde qué significaba Pigmalión. Oía su voz bajo la manta eléctrica: Tú eres el mármol, yo el escultor.

La enseñó también a apreciar el arte, la pintura.

Mira este cuadro: *Muchacha hilando lana*.

Ella dirigía sus ojos hacia la imagen que él indicaba. Seguramente, Giotto la conoció siendo todavía joven. La pintó años después, quizá enamorado. Vasari cuenta que a Giotto lo descubrió Cimabue: Un niño pintaba una oveja sobre una piedra del campo... Lo llevó con él, y lo convirtió en su amigo y discípulo...

Sus palabras sí parecen vivas, en cambio. Y su rostro, si cierra los ojos, es joven todavía. Sus gestos, algo adustos, tanto que asustan a muchos. Un hombre demasiado serio,

decía su madre. Pero la hacía reír, y le hacía bien el amor...
Ahora, el pecho mustio.

El médico «rojo» tenía una hija. Ya no vive allí, claro. Quién querría vivir en el lugar donde asesinaron a su padre. La mujer del bar, que se llama Piedad, casi se ríe al pronunciar esas palabras.

¿Usted no tiene hijos?, le preguntó el primer día. Ella negó. No dio más explicaciones. No quiso.

Los versos sobre la guerra se mezclaban con el pasado y con el libro de prosas que había comprado en Roma antes de instalarse en la vieja casa de sus padres. Era un verso, «Mas ahora no hay besos», u otro, «Si morimos no es muerte», pero no la abandonaban del todo. Se descolgaban del techo prendidos de las lágrimas de cristal de la lámpara. O parecían líneas bordadas en rojo en las sábanas oscurecidas por el tiempo.

Palabras de la realidad (lejía, cuenta corriente, álbum de fotos) venían a mezclarse con el poema, y todo se volvía confusión, aunque no dolía demasiado. El dolor estaba instalado en sus huesos, ya demasiado viejos. ¿Vas a morirte sola?, se preguntaba cada día al despertar. La casa fría, el fuego muerto en el hogar. Casi sin fuerzas para cargar una brazada de leña, sin fuerzas para subirse al autobús de los lunes y buscar en la ciudad una estufa de barras incandescentes.

Esperaré el verano. El sol me calentará los huesos, se consolaba.

No podía coser. No podía fregar de rodillas los suelos de madera.

Lejía, sosa. Cal que habrá de apagar en un caldero de hierro, dijo para sí.

¿Por qué no contrata a algunas mujeres para que pinten y limpien la casa? Usted no está acostumbrada.

La muchacha era muy amable. Su madre la había enviado con un termo de café hecho en el bar y con un tazón de sopa.

¿Son suyos todos estos libros?

Ella asintió. La muchacha seguía trabajando mientras hablaba. Esparció un poco de ceniza sobre el brasero que había junto a la cama.

No se olvide de sacarlo a la cocina antes de dormir. Podría morir asfixiada… ¿Qué significa «post mortem»?

Luego recordó que con la badila señalaba el título de uno de los libros. La ceniza, sembrándose entre las rendijas del suelo.

«Después de la muerte.»

Callaron las dos. Compartían el silencio como si fueran amigas.

Linguaggio amoroso lo entiendo bien: lenguaje amoroso, ¿verdad?

Las dos comenzaron a reír al mismo tiempo. La muchacha dijo también:

Es fácil el italiano…

¿Cuántos años tienes?

Dieciocho.

¿Te quedarás aquí siempre?

La muchacha se encogió de hombros.

Mi madre no tiene otra ayuda.

¿No te gustaría estudiar?

Quizá.

¿Quizá?

Entonces sonaron las campanas: toques de tránsito.

Alguien ha muerto, dijo la muchacha, interpretando el sonido.

Ella también lo había reconocido. Se estremeció un poco. Tomó la mano de la chica y le puso un billete en la palma. Una propina, dijo.

¿Cuántos años tiene usted?

En la chimenea de la cocina crepitaron unas piñas secas: estallidos parecidos a disparos. Se echó a llorar.

Alzó la manta sobre su cabeza y lloró sin importarle que la muchacha siguiera allí. Al principio, llena de desconsuelo. Hasta que se quedó dormida.

SIGNIFICADOS

Te adoro, dice H. Y la besa.
Ella ha aprendido a no cerrar los ojos cuando la besan. Al principio no podía negarse. Algo, realmente a-l-g-o, la invadía. Cerraba los ojos y se dejaba llevar. El principio del fin. Así estás condenada y dispuesta para él, ya no eres tú, eres sólo lo que él quiere que seas.
La voz que le hablaba dentro de sí misma fue tomando confianza. Le explicaba cosas verdaderas, es decir, le descubría lo esencial, lo necesario, al mismo tiempo que le ofrecía soluciones. Su último consejo: Utiliza la pasión.
Durante algunas semanas no supo qué quería decir aquello. Para qué, con qué sentido. Se le reveló en el preciso momento.
Antes habían sucedido muchas cosas. Analízalas, dice la voz.
Comencemos por el trabajo, luego tu familia, a continuación los planes para el futuro (planes a la vuelta de la esquina: el futuro está cerca). Después, no hay más remedio, el amor.
Mejor que sustituyas amor por pasión. Ahora te dedicas a la pasión. Así suele decirse: pasión de una sola noche. O de dos noches a lo sumo.
Como en un pentagrama, traza las notas correspondientes a la última coda: los próximos fines de semana. Nombres previstos, a quién haré caso, posibilidades con H... Aún no

la ha besado. De hecho, ni siquiera se ha insinuado. Haz memoria, dice la voz: Algo está latente.

En el diccionario busca el adjetivo latente. El significado la reconforta. Haz planes, piensa.

Otra vez al pentagrama:
Lista de la compra.
Recibos de luz y agua.
Transferencia por aquella suscripción.
Tintorería, traje para bodas.
Neumáticos nuevos. Los de las ruedas delanteras.
Pintar la cocina y los cuartos de baño.
Telefonear a su hermana pequeña.
Visita a C, la dermatóloga.
Mnemosyne...
¿Por qué este nombre? No puede seguir escribiendo.
Memoria, sólo eso quiero decir. La voz ha dicho Mnemosyne.
Vuelve al pentagrama: Nada más. Fin.

Por la mañana, hay silencio en la casa, y los operarios del ayuntamiento no han vuelto a cavar en la calle. Silencio. Una tertulia en la televisión. Un programa de idiomas en el teletexto:

Saccager = saquear, devastar.
Ambos = *tous deux*.
Calamidad = *calamité*.
Pasmo = *refroidissement*.
Civière = parihuelas.
¿Qué son parihuelas?

La voz le responde: Te llevan en ellas si estás enferma. O si has muerto. ¿Entiendes? Ninguna palabra es gratuita, piensa en ello. Todas las palabras tienen dos sentidos, y uno está oculto. Antes de escribir en tu pentagrama analiza bien qué dicen las palabras que sumas unas al lado de otras. Di ahora una.

Cizaña, dice ella, pues sabe bien qué quiere decir la voz. Y luego, sin esperar respuesta, vuelve a parihuelas, y la invade una extraña sensación, un presentimiento que ahora no es más que un paso en falso en su pecho. Pero ya está latente, se dice. Y una sombra nubla sus ojos.

NEVADA

Dejaste un vaso
en la ventana
para que recogiera las gotas de rocío.
Sin embargo, ha nevado, y el vaso es ahora
una torre
          como esos edificios.
La nieve a su manera
le hizo un homenaje a la ciudad. La nieve sabe
hacer las cosas:
cuando el sol salga
de nuevo
          brillarán sus paredes otra vez:
un rascacielos más de vidrio,
pequeño, a tu medida,
entre los árboles
de ese jardín que ves al levantarte.

NAVIDAD

Entre las pequeñas casetas de feria juegan los niños que esperan su turno para subir a la noria. Es triste este lugar: la feria de un barrio pobre. Una caseta de tiro, media docena de puestos para los vendedores de muñecos de trapo, de espumillones, de juguetes feos y mal pintados; para los vendedores de almendras garrapiñadas y palomitas de maíz teñidas de rojo o de verde: los imposibles colores de la estación que se fue y de la estación que vendrá.

Esta feria de invierno alegra sólo a los niños. Ni los taxistas de la parada cercana parecen felices. Se entretienen jugando a las cartas en un bar cuando llega la tarde. Por la mañana, si llueve, llevan de acá para allá a los clientes del mercado de abastos.

No sé por qué estamos aquí, pero paseamos abrazados entre la gente sabiéndonos dichosos por hoy. Julia me abraza con más fuerza que nunca. No me atrevo a mirarla. Sonrío a los niños que cantan villancicos a la puerta del restaurante italiano. Hoy tampoco odio la Navidad, y por un momento he olvidado que Julia mañana ya no estará aquí.

El hombre de la fotografía es mi abuelo. La mujer sentada a su lado, mi abuela. En el regazo de cada uno de ellos hay un niño pequeño. El que parece mayor, muy poco, unos meses, soy yo. Mi hermano tiene los ojos más grandes, y las orejas casi puntiagudas, como las de un genio de cuento.

Ese lugar se llama Vega de la Rosa, un huerto en la ladera de una montaña. Para algunos no tiene nombre. En el pueblo lo conocen por el nombre de mi abuelo: la tierra de Claudio. Alguien plantó diez cipreses junto a la pared de piedra que separa el huerto del camino, y ahora parecen los guardianes de la finca.

Aquello es como un cementerio, solía decir mi padre.

Dos canteros de judías verdes, uno de pintas, tres de lechugas, uno de coles, dos surcos de maíz para las gallinas, tomates, remolachas, pimientos… Un buen huerto. Lo riega el agua «que sobra», eso dice mi abuelo, del depósito que abastece al pueblo.

Julia mira la fotografía con atención y luego me mira a mí.

Tus ojos no han cambiado, dice.

Los de mi hermano son enormes.

Me gustan los tuyos. Pareces triste.

No le digo que era un niño triste. Ya lo sabe. Le he hablado de mi infancia un millón de veces, cada día desde que nos conocimos.

Guardo el álbum cuando Julia se levanta para calentar un poco de agua.

¿Quieres un té normal o gigante?, pregunta desde la puerta de la cocina.

Un té normal, pero sin leche.

Ella sonríe. Recuerdo unas palabras, leídas no sé dónde: «Su risa es una ducha en el infierno».

No te preocupes, no volveré a estropearte la merienda.

Oigo cómo gira la bandeja de cristal del microondas. Un sonido casi imperceptible. Quizá lo imagino.

¿Quieres pastas o un bollo de mantequilla?

Me encojo de hombros. Creo que no quedan bollos.

Cualquier cosa.

No, cualquier cosa no. Elige.
Un bollo. Y que esté caliente.
Así me gusta.

Sé que estará sonriendo de nuevo mientras dispone la bandeja y el servicio, tal vez pensando en cómo hemos llegado a conocernos tan rápidamente.

Ya somos muy mayores, suele bromear ella. Eso nos ha ayudado mucho, ¿no crees?, dice luego.

La beso por toda respuesta. Nunca sé qué contestar. El «¿no crees?» no está dirigido a mí en realidad: Julia le habla a todo lo que hay alrededor, a las pocas cosas que pueblan este apartamento. Como si los muebles y la bicicleta apoyada en la pared del recibidor fuesen a decir «Sí, la edad nos ha ayudado mucho a conocernos».

Cumpliré treinta en junio, añade entonces invariablemente. Y me gusta oírlo. Esa cifra redonda y casi, le digo a veces, tranquilizadora, una parte importante de la vida, quizá un tercio, si van bien las cosas.

La tercera parte de mi vida la habré pasado sin ti, dice en voz baja, con un deje de nostalgia por el tiempo pasado. ¿Gastado en qué?

El tiempo necesario para que llegara este otro tiempo, el año cero.

Ahora me gustaría a mí añadir ese «¿no crees?», pero no hace falta. Las cosas que habitan esta casa me conocen muy bien, no necesitan mis preguntas, mis dudas. Son como esas galletitas saladas que están en un rincón de la cocina desde el primer día: se acaba una caja y compro otra, así siempre, reponiendo la misma caja en el mismo lugar, su rincón favorito, el mío. Galletitas saladas, me dais suerte, les digo a veces. El día que apareció Julia, cuando volví a casa, casi de madrugada, lo celebré con ellas, mordisqueándolas con suavidad, sentado frente al televisor sin volumen. Sin sonidos que no brotaran de mí, el resto del mundo apagado. Sí, año cero es un buen nombre para estos días.

Cuando Julia aparece con la bandeja en las manos, me siento más tranquilo. No puedo decirle que la echaba de menos. Sonaría ridículo.
¿Sabes, Claudio? Tengo que darte una noticia antes de irme.
Cierro los ojos un segundo. Ella no se da cuenta.
Cuéntame.
Ahora no. Antes de irme he dicho.
«Antes de irme» es también ahora.
Es mejor que lo sepas mañana.
No me gustan las despedidas en la estación.
No te lo diré en la estación. No estaría bien, delante de todo el mundo.
El té está amargo, digo, sorbiendo un poco.
Julia sonríe.
No había bollos de mantequilla. No sé cuándo se acabaron. Compraré más a mi regreso.

En la estación hace frío. Ya no oigo sus palabras. Sólo recuerdo las mías, los dos a punto de dormirnos abrazados. Hacía calor bajo las mantas, ahora tengo los pies helados.
Trataré de explicártelo. Imagina ese mismo lugar pero cincuenta años atrás, en medio de la guerra... La guerra civil, sí, esa guerra. Un poco antes quizá. Debemos detenernos en el 30, el año en que se casaron mis abuelos... ¿La edad de él? Veinte. Ella tiene dos menos. Ambos parecen muy felices... No, no hay fotografías. Puedes imaginarlos también, piensa en cómo eran sus rostros cuando yo estaba en el regazo de mi abuelo... Su nieto favorito... Bien, puedes creer eso si lo deseas. Tal vez me tomó a mí porque mi abuela había elegido a mi hermano. Nunca lo sabré... El caso es que él y yo nos parecemos mucho. Eso dice mi madre. Los mismos ojos, la expresión de incredulidad que tú has visto a veces delante de ti. No incredulidad ante ti, o

contra ti. No sé bien qué preposición utilizar… Incredulidad ante las cosas del mundo, las que están fuera de estas cuatro paredes… Déjame que vuelva a aquel tiempo. Al tiempo de las castañas puestas a secar sobre una red que cuelga del techo. En verano, la misma red sirve para atrapar algunos peces en las pozas del río. Ahora están dispuestas sobre el hogar, encendido en medio de la cocina, sin chimenea… El humo escapa por las rendijas que dejan las pizarras del techo, o por ese agujero de la puerta por el que entran y salen los gatos de mi abuela… Una casa de una sola planta: la cocina, que es también salón y comedor, y dos alcobas. Una para ellos dos, otra para los niños que lleguen. Todavía no han instalado un cuarto de baño, ni una letrina siquiera. Son muy pobres, y viven en una época de miseria y hambre. Algo ayuda el gobierno de la República, algo las monjas del convento que hay a las afueras del pueblo (carne en lata, tocino curado, casi añejo, grandes tarros de semillas para plantar. Estas últimas significan el futuro, que no habrá hambre al año próximo), algo unos pocos vecinos más ricos, que compran el carbón del abuelo… carbón vegetal. Algún día te enseñaré cómo se fabrica… Va con los sacos a cuestas desde lo alto del huerto hasta el camino. Allí espera un mulo atado a la cancilla de entrada. Equilibra el peso sobre el animal… A las cinco de la mañana, si es verano, ya está encendiendo el fuego en el huerto. En otoño vende el carbón, incluso en invierno, si hubo buena temporada de trabajo y no tuvo que ir a la siega a jornal… Cada día de siega pierde un día de vida, eso dice siempre al volver a casa… ¿Cómo se llama mi abuela? A algunos les extraña; como él: Claudia… De jóvenes debían de parecer casi hermanos: ya ancianos parecían muy iguales. El mismo color de pelo, muy blanco, el mismo modo de caminar, algo encorvados, la misma dureza de la piel, los ojos verdes, la nariz afilada. Incluso esa frente alta y despejada, con el pelo fuerte y sedoso. Algo los distingue muy bien: mi abuelo tiene las cejas unidas, igual que mi hermano... Fíjate bien. Quizá mi hermano se depile el entrecejo. Por coquetería. O tal vez son imaginaciones mías, algo que yo inventé de niño... Sí, tendré el pelo muy blanco, albino, ya están aquí las primeras canas. En el primer tercio de mi vida...

«Tienes razón,
he descubierto que el tintero de las cosas que se quedan en el tintero es el teléfono. Y el fax la máscara de la escritura (la que más dice)... No sé por qué me he quedado con una rara sensación después de colgar (como casi siempre). Con un par de preguntas por hacer. Perdóname. Supongo que a mamá se le irá pasando ese ánimo oscuro. Imagino que le vuelven a la cabeza los días de hace un año mezclados con todas las palabras-comodín que usa la gente en estos casos... Aunque hay cosas que no se pueden tomar como uno quisiera, a mí me gustaría que mamá se pusiera en camino, perdona que suene cursi, de la felicidad: sin fórmula pero diciendo qué es lo importante y en qué va a dedicar uno cada hora –porque la vida (y el reverso) ya se dedicarán a sacarnos del camino a la mínima–. Tomando distancia se ve muchas veces que lo que creemos fundamental no lo es tanto...»

He leído el fax de mi hermano, y luego, doblándolo en cuatro, como siempre, lo he guardado en la carpeta azul, lejos de los papeles del banco y de las declaraciones de Hacienda.

Alguien ha dejado su respiración en el contestador. Sólo eso. Ya no me inquietan estas llamadas, aunque sigo sintiendo curiosidad.

El hombre que se me ha adelantado en el cajero automático llevaba un gorro azul de marinero y un chaquetón algo raído pero bonito. Ha sacado un buen fajo de billetes, me ha sonreído, y ha salido corriendo hacia el bar de enfrente. Al pasar, he visto que hablaba con alguien por teléfono. El resto de los clientes miraba el partido de la televisión.

Todavía no echo de menos a Julia. De alguna manera, sigue aquí: ni siquiera he guardado su jersey ni sus vaqueros. Los he doblado con cuidado y ocupan su lugar en el sofá. Mañana los colocaré en el armario empotrado del recibidor.

Claro, claro, el mundo es un disparate, pero..., dicen en la televisión.

El candidato de la democracia cristiana tiene buen gusto: una corbata elegante, con rayas muy finas y el nudo de moda, y un *blazer* azul marino con una solapa también a la moda. Bronceado suave, que le rejuvenece; el pelo, ondulado y de color castaño, casi sin gomina, un poco alborotado, indolente.

Explíquenos, pide el presentador.

Sintonizo otros canales: una película norteamericana de marines y rescates, un matrimonio y sus hijos en un concurso con azafatas de grandes pechos, una teleserie de médicos...

Cuando suena el teléfono, dejo que pasen diez segundos. Los cuento en voz alta esta vez.

¿Julia?

No soy Julia, soy tu casero.

Vaya, tío, no esperaba tu llamada.

Es para renovar el seguro de la casa. El seguro de accidentes... ¿Hiciste la obra al fin?

No he tenido tiempo.

Hace ya tres meses...

Líos del trabajo.

¿Quién es Julia?

Una de las azafatas presenta a la cámara una gran espada. El tragasables vestido de hindú aparece tras ella sonriendo y agitando los brazos como un derviche.

Una compañera de trabajo.
Qué pena, pensé que tenías una nueva novia al fin.
No seas pesado.
Silencio.
¿Vendrás a comer al campo el fin de semana?
No lo sé aún.
Llama a tu madre. Ella va a venir. Si no la traes tú, dile que se ponga en contacto conmigo… Pero deberías animarte. No hará demasiado frío esta vez. Lo prometo.
¿Has instalado calefacción?
La he pagado con la renta de tu apartamento.
No creo que vaya. Estoy pensando que tengo mucho trabajo pendiente, digo al fin, después de otros diez segundos, tratando de quitarle importancia a su comentario.
Como quieras, hijo… Ya nos veremos el día de Nochebuena. ¿O vas a trabajar también?
Tengo otra llamada, miento.
Tu amiga Julia, ríe mi tío. El eco del teléfono me devuelve los aplausos del concurso. Una nueva azafata nos muestra a mi tío y a mí, a sesenta kilómetros de distancia el uno del otro, el pecho impoluto de uno de los concursantes. Nada por aquí, nada por allá. Sin sangre.
Ahora no tengo que contar diez segundos. Sé que es Julia la que llama.

Cuando colgué, le escribí a mi hermano.
«Querido F,
todo está bien. Quiero decir que mamá se irá recuperando, estoy seguro, de la muerte de papá. Me gustaría poder escribirte eso que te suelta la gente en la calle: Se veía venir. No, estaba enfermo, pero no se veía venir. No queríamos que llegara. ¡Idiotas!
¿Cómo va tu trabajo? Cuéntame algo. Es curioso: ahora sí que me gustaría que pudiéramos hablar por teléfono, que

supiéramos. Allá va: voy a ser padre. ¿Qué te parece? Eso es todo lo que quería decirte (aparte de lo de mamá).»

Doblé la carta y busqué un sobre. Escribí con buena caligrafía las señas de mi hermano. En el paladar notaba un sabor dulce, luego amargo. Me hubiera gustado abrir una botella de champán, pero no tenía ninguna en casa. He de comprar, me dije.

Me conformé con un vaso de agua fría.

Sabía a cloro.

PATCHWORK
(REGRESO)

Volvíamos a casa en tren después del largo fin de semana. Ibas desgranando las imágenes de los momentos más felices, momentos que dentro de algunos años ya no tendrán importancia, o que odiarás por lo que ahora representan.

Me abrazabas cada poco. Y si nadie miraba, acercabas tus labios a los míos un instante, como si fuéramos todavía adolescentes.

Vestías de gris y habías estrenado tus zapatos nuevos. Hiciste un mohín cuando tu hermana dijo: Son muy clásicos, negros. Tú dijiste: No son negros, míralos bien. Y eso hizo, hasta que se convenció de que eran de color ciruela. O guinda, no sé bien. No distingo los colores. Has procurado enseñarme estos últimos meses, como a uno de tus niños del parvulario. Al principio no creíste lo que dije: Soy daltónico.

El caso es que tú proyectabas las imágenes en la ventanilla: la recogida de setas, los paseos hasta el Mirador de la Montaña, la carne sonrosada de las truchas del vivero. Llegó un momento en el que dejé de oír tu voz y me puse a pensar en cuánto falta para que todo termine, como si yo fuera ingeniero y buscara grietas en un muro de contención.

CASA

La tinta debe de estar seca. El grifo del lavabo no funciona. Las palomas se han apoderado del tejadillo de la galería. Huele a pintura. Tu hermano no llama. He tenido que mentir otra vez a mi padre. Me cortaré el pelo como te gusta. No hacía falta que te afeitaras para mí. Todos debemos algo a los demás. Esta última frase es la única que ha quedado prendida en las molduras de escayola esta mañana, las demás se las ha llevado el agua, restos de piel, cabellos, por el desagüe de la ducha, hacia no sé dónde. No pienso en las palabras que componían el marco de la conversación (eso diría alguien), sino en el epílogo de esa conversación antes de que salieras a buscar los periódicos. Todos debemos algo a los demás. Hace frío. No fue una buena inversión esta casa. El tejado está a punto de caerse (espero que no lo haga sobre nuestras cabezas). Tu hermano no llama. No quería que te afeitaras. ¿Lloverá en tu pueblo? Tengo que mentir otra vez a mi padre. Llama y pide algo para comer. ¿Te aburres? Esta música no me gusta del todo: la aguanto por ti. No pienso en las palabras que siguieron a las primeras palabras, frases sobre frases: sólo en esa última: la aguanto por ti. En realidad, *todo* lo aguantamos por alguien. Mantas. Mentiras. ¿Qué se construye con mantas y mentiras? No pasaremos frío, dice la voz desde la cocina. Los radiadores funcionan a pleno rendimiento, parece voz de televisor, y no tengo ganas de bromear. Nadie bromea si llueve y se moja todo a su alrededor. No hay nadie más culpable que yo. La frase es estúpida. Pan, fresas. ¿A quién se le ocurre comprar fresas en febrero? Los recolectores avanzaban a un ritmo ideal de seis matas al minuto, algunos frutos se quedaban atrás: dos mujeres tunecinas iban tras ellos, nada en la mata. ¿Quién mata y quién muere por un cuenco de fresas y azúcar? No quieres engordar. Dos kilos en dos semanas. He de mentir a mi padre. La canción es estúpida: un borracho le habla a otro. El tejado. Lo que me preocupa es el tejado. La anciana del segundo te besó y pensó qué guapa pero no lo dijo: Vaya, te llamaremos Sole, mejor que Soledad, qué nombre tan triste y tan anticuado. El técnico conectó el frigorífico. Sólo un segundo, mejor es esperar un poco, guarde las patas por si hay que devolverlo. No dijo patas: tornillos de anclaje. Piensas: odias los términos técnicos. Pero has escrito técnico dos veces, redundancia, los alumnos se reirían de ti, tus propios alumnos. Profe, profe. Hablan también como futuros técnicos que enchufan electrodomésticos y alquilan películas en un videocajero de barrio con nombre exótico. Ella vivía en uno de esos barrios. Los bares tenían nombres también estúpidos. Nombres de bares nunca suficientemente prósperos. Ella tararea aunque no le guste la canción. Perdón, perdón por todos mis lamentos. A quién le importa una canción más o menos. Por el teléfono sonabas triste (vaya expresión) y no pude más que pedirte que me comprendieras. Las palomas se ocultan porque llueve. Si sigue lloviendo, no habrá nadie en el cine. No quiero ir al cine. Tu padre también te habrá mentido alguna vez. Echo de menos tantas cosas. No olvides las cervezas. Tengo frío. Ponte otro par de calcetines. Voy a engordar. Sube el volumen de la música. Lee. Lee mientras yo escribo. Asómate a la ventana. Está nevando. Hace siglos que no nieva. No nevaba desde 1977, hace ya veinte años. Llegamos entonces a la ciudad. Yo era demasiado pequeño para apreciar la nieve. Bésame, tengo frío. Cuando salga de casa escribiré un poco más esa palabra. No sé dónde está, pero está. Va a cambiar algo dentro de mí y dentro de ella. Pocas sílabas, pocas letras. Nieva y la miro. No siento ternura. Le digo que se dé prisa. Las palomas han desaparecido. Quiero ver la previsión meteorológica. Ella siempre tiene frío. Yo siempre tengo calor.

LUZ FALSA

Con palabras de Dick Davis

—Mira
donde brilla el paisaje
y resplandece
iluminado
           por los faros de tu deseo.
Como caras alrededor del fuego,
que devuelven la luz
que no les pertenece.

TERQUEDAD
(LA VERSIÓN DE BALZAC, I)

Mis dolores, mis repugnancias, todo mi egoísmo (pues me siento egoísta) deben ser inmolados a la familia.

Pasearé por la calle, altiva, soberbia, visitaré a los amigos que ya no me soportan, el mundo me acogerá como suele hacer con aquellas mujeres a quienes la sociedad muestra su favor. Y ya no habré de sublevarme contra lo que nadie puede sublevarse. No podré ser otra vez blanca y pura, inocente, pues eso supondría estar en un ataúd de niña, pero pareceré blanca y pura.

Me han acusado de terquedad: en la mujer, eso es el resultado de una incertidumbre, ya lo dijo alguien. Y creo (también) que es el presentimiento del porvenir.

Si algunos hombres tienen la generosidad de olvidarlo todo por amor, yo no podría olvidarlo. (¿Depende de nosotros el olvido?)

El día en que vea una arruga en la frente del «amado», una mirada triste o esos gestos que los novelistas llaman imperceptibles, calcularé, sabré, que es un reproche involuntario, aunque *comprimido*. Y nada me detendrá: me abriré la cabeza con una piedra que me parecerá menos dura que mi corazón.

SEGUNDA PARTE
(TEXTOS EXTRANJEROS)

VIRTUD

Oh! File ton rouet et prie et reste honnête. Las últimas nieves se habían deshecho con los versos que cantaban las muchachas al atardecer.

Hila en tu rueca, reza y protege tu virtud, repetían una y otra vez. Alguna traía dulce de castañas o una sopa de leche. Otras, embutidos ahumados. Entonces, decía mi madre, las muchachas creían que algún día podrían escapar del valle. Sin embargo, el tiempo pasaba y ellas seguían allí.

Llegaban primero las lluvias, al principio mansas, al poco furiosas. Y el viento del norte, que venía del mar, atravesaba de nuevo gran parte del continente y se encerraba en el valle en espera de la primavera.

El río se helaba en noviembre. Se encamaban las hierbas secas y mojadas, la escarcha ponía al amanecer su vestido de novia en los nogales. El dos de marzo celebraban una fiesta: ése era el día de los dulces compartidos y de las canciones junto al fuego. Hila en tu rueca, reza y protege tu virtud.

Los mineros no aparecían hasta que el viento abandonaba aquellas tierras, y al regresar, ya estaban tapadas de nuevo las bocas de los túneles, algunas vagonetas inservibles, volcadas. Nada podía hacerse. El viento no se detenía en las cancelas que habían dispuesto los obreros, ni respetaba las cadenas que sujetaban las vagonetas en lo alto de la montaña. El viento devolvía el rencor de la tierra. Así lo contaban los más viejos, y así nos lo contó mi madre a mis hermanas y a mí.

Vivíamos aisladas, durante meses. Cincuenta familias, alguna más cuando llegaba el buen tiempo y los pastores de los valles vecinos buscaban nuestros prados, bien regados por el agua, con la hierba tierna y domada. Entonces, pensábamos, dormía la furia de la naturaleza.

Los pastores solteros se casaban con las mujeres de nuestro pueblo y se quedaban a vivir en él. Así había sucedido desde la antigüedad, así sucedería siempre. Aquellos hombres se convertían en labriegos, en leñadores, incluso en mineros. Pero no abandonaban nuestro valle ni a sus mujeres. Ni un solo matrimonio se rompió en vida de mi abuela o de mi madre. Los hombres llegaban para quedarse junto a nosotras. Nosotras nunca podríamos escapar del valle. Éste nos ataba con un voto secreto. Eso me dijeron de niña. Luego, al cumplir trece años, sentí que no podía abandonar aquel lugar, pero nadie me hizo jurar por Dios y nadie me dijo qué había de hacer. Me sentaba delante de la puerta de nuestra casa cada atardecer, en la hora del crepúsculo que da el rojo a los caquis en otoño o que pinta de amarillo el jazmín ya en junio, y esperaba a que pasaran los pastores, y con ellos algún hombre para mí.

Cumplí veinte años y aquel hombre no aparecía. Un día llegará, dijo mi madre al principio. Cumplí treinta y no llegó. Mi madre murió en mis brazos. Mis hermanas y sus maridos rezaron conmigo en el pequeño cementerio. Ceñí la cruz de madera con una corona de lavanda. Entonces creí volverme loca.

Mantenía largas conversaciones. ¿Con quién? No lo sé. Me hablaba a mí misma, y yo misma me respondía. Me sentaba junto a la rueca y la hacía girar. Después rezaba por nuestros muertos, y por los vivos que morirían si llegaba el viento y se encontraban en los túneles de la mina.

Una noche, alguien debió de escuchar mi oración, porque llamaron a la puerta y dos mineros dejaron en el suelo de la cocina, sobre una esclavina sucia y remendada, el cuerpo de un hombre todavía joven.

No podemos llevarlo con nosotros, dijeron. Moriría en el camino.

Me casé al verano siguiente. Mis hermanas lloraban, alguna muchacha miraba mis primeras canas y envidiaba mi suerte. Planché el traje de boda de mi madre al menos diez veces.

Me dispuse entonces a esperar mi muerte.

Soñé cada noche con mi descendencia, las hijas que debía entregar al valle en pago de mi promesa.

Mi esposo nunca supo cuál era. Lo enterrarán sin saberlo, y sin saber por qué me ama, o por qué aquella viga segó sus dos brazos. Nunca podrá abrazarme.

MAXIMILIAN KOLBE

Maximiliam Kolbe,
                  con traje a rayas, como todo el mundo;
el pelo, albino,
cortado a trasquilones;
los pies calzados
en zuecos de cartón y de madera.
Ya no tiembla.
         «Me he vuelto
casi insensible al frío, al miedo», miente
a quien le escucha.
Hoy, yo mismo, sentado en este cuarto,
con una limonada
tan fría como aquel invierno de Auschwtiz.
                              Más allá
de las ventanas abiertas la noche,
llena de anaranjadas estrellas.
Llega la única nota de tristeza
desde el fondo
               (nieve, sopa de nabos,
el viento colándose por los cristales rotos)
del poema:
         últimas horas del prisionero.

El agua no se puede
beber. Has de lavarte
con esa misma agua cada día.

Da brillo a tus zapatos con betún,
carga con la escudilla
de la sopa, el mendrugo de pan duro.
Reglas, reglas, dices. Consignas que te han tatuado.
No las olvidas
junto a la estufa
(no quemes tus zapatos).
No sonríes. ¿Lo has olvidado todo
en esta vida?
La manta llena de remiendos
                             (piensas
otra vez: tu misma alma)
no es ninguna coraza
contra el mundo.
               ¿Y dónde has de aguardar lo aprendido,
lo que amabas: la música
de algunos días de fiesta, tu madre,
aquel perro de lanas que criaste desde niño?
Ninguna voz responde.
               No hay Dios,
maldices en tu pecho.
Luego, a pesar de todo, rezas: que no me venzan
el dolor, la ansiedad, el desconsuelo.
Esas palabras ya las has gastado.
Querías crear un monstruo
                      (el Golem)
con todo lo olvidado,
que el mismo engendro
se llevara miedo, insomnio y frío.

La mañana en la que anuncian más muertes,
mañana como tantas,
el centeno del pan parece más amargo
y el caldo tiene el color de la bilis.
                        No crees

que sea una señal:
no piensas ya en parábolas,
ni en dogmas, ni en misterios.
No hay Dios, repites
incansable: es toda tu oración
para hoy, para las próximas semanas.
Y así pasan las horas,
cada día peor en esa celda: tu cuerpo
(no es otra, no te engañes).
De noche soñaste con un ángel que vestía
igual que en las estampas de tu biblia.
Y su espada era fuego
y su voz era todas
las voces que recuerdas.
Cantaba un salmo.
Te abrazó como si fuera el amigo
que perdiste en el campo,
El Que Perdió Su Nombre
(borraste tu pasado
con un gesto, frotándote los ojos).
Adiós, ángel. Adiós, tiempo feliz,
tiempo de vida…

Otros seiscientos van esta mañana a la muerte.
A tu lado uno de los elegidos llora.
                    Y grita.
Y te preguntas
¿a quién le pide explicaciones?
                    «Ya está muerto»,
dices al que se cruza
en tu camino.
Un hombre, cuyo rostro
no puedes ver,
murmura unas palabras
de compasión

por ti, no por el otro.
Y se santigua.
Te mira dulcemente. Pero no ves sus ojos
(cuencas vacías como fosas negras).
Piensas en tu otra vida,
la que ha de llegar, la que no esperas,
y en tus labios tiemblan esas dos sílabas: vi-da.
No puedes evitar estremecerte.

El ángel ya está lejos.
Adivinas su espalda
en la columna
que camina hacia el horno.
No hay rabia en ellos,
pasean mansamente.
El último, el que tan sólo te produjo asco,
se ha abrazado al ángel,
y ha llegado hasta ti
el calor de su abrazo, su beso en la mejilla
(y una paz muy vieja,
tal vez la que sentiste
el día en que te hicieron sacerdote).
Corres hacia ese hombre,
y cambias allí mismo
su puesto por el tuyo.
                        Lo echas al suelo.
                              Ríes.
A carcajadas
entonas la Canción del Perseguido.
El aire que separa tu pecho de la espalda
del que te precede
               huele
a miel y a leche.
Luego se hacen más débiles tus cantos.

Bebes de ese aire y también de las suaves palabras
que el ángel te susurra.

Los años, las estrellas, traen aquella promesa
hasta mis labios,
dulce
       como la limonada fría.

JE CROIS AU MATIN

Con palabras de Tzvetan Todorov

Durante mucho tiempo, me desperté sobresaltada. Los detalles diferían, pero era siempre el mismo sueño: había regresado allí a través de media Europa. En el sueño, la muchedumbre parecía compacta e impenetrable. O bien el tren llegaba a la estación, que no era más que un decorado: ni un vestíbulo ni viajeros, ni raíles ni trenes (estaba sola ante un campo de hierba amarillenta plegada por el viento), o bien partía de mi último apartamento en coche y las calles se estrechaban e iban vaciándose en solares vigilados por grúas amarillas.

Mi imaginación no se cansaba de inventar aquellas nuevas variaciones en las que nunca era posible regresar a casa de mis padres. Y soñaba que luego amanecía y tocaba con la punta de los dedos al hombre dormido entre mis brazos. Le hablaba en la vigilia:

«Me desvelo cada noche y la respuesta no me llega nunca».

Con otros exiliados compartía el mismo sueño en los cafés cercanos a la vieja embajada. Intercambiábamos el no pertenecer ya a parte alguna, a ningún país, para consolarnos un poco. Aunque las pesadillas, ya lo he dicho, eran las mismas.

«Cargados de un peso insoportable, poco habrán de importar nuestras palabras», nos decíamos los unos a los otros, rumiando las palabras.

Llegaban más viajeros sin papeles, huidos a través del río que servía de frontera. Todos firmaban en el barracón de acogida con una pluma mojada en tinta desvaída.

Las autoridades de nuestro nuevo país nos instaban a ser cautos, a no expresar las emociones con vehemencia. Ya no podía gritar: «He perdido a mis hijos». Porque estaba prohibido gritar. Tampoco podía decir: «Quiero a este hombre». Porque yo aún no pertenecía a aquella patria, y porque aquel hombre tenía ya otra mujer.

«Cuidado, no te expulsen», decían mis amigos en los cafés.

«Dirán que eres una zorra. Que no tienes cabida entre nosotros.»

«Querréis decir *entre ellos*.»

«Nosotros también somos ellos», susurraba una voz que parecía venir desde muy lejos.

Despertaba sobresaltada al amanecer, y tocaba el pecho de aquel hombre con la yema de los dedos. Me abrazaba a su cuerpo por detrás, y mi sexo se abría.

«Je crois au matin», decía él al despertar, con mis dientes clavados en su espalda.

Como si creer en un futuro nos salvara.

HABLA ZULEIKA, MUJER DE PUTIFAR, QUE AMABA A JOSÉ, HIJO DE JACOB

Suave,
       después
cruel.
        La misma indiferencia medio disfrazada
que aborrecemos
los dos.
       Digo tu nombre:
«marido».
         ¿Tiene sentido decir
que eres mío y yo tuya?
La noche te entrega mi cuerpo,
y yo aborrezco
esos ritos obscenos.
Durante el día sólo ves las cosas
que te rodean.
         Ríes y comercias
lejos de mis sentidos de mujer.

Ahora tampoco estás.
           Miro las cabras
que regresan, el polvo. Y oigo
el rumor desenfocado del mundo
(las sordas pisadas de las crías en la arena,
los gritos de los niños,

una flauta que suena en cualquier parte.
                                                      El oro
oscuro del crepúsculo
se va apagando, muere).
Y pienso en él,
en aquel extranjero reticente, inefable
como cada caída del sol.
                                  Sé que soy suya.

El viento frío agita mi vestido.
En el desierto
las estrellas despuntan.
                                Mi marido llama.
Bendigo su nombre, mas no escucho sus palabras.

PALABRAS

Vivía en la calle Borís y Gleb, frente a dos árboles, en una buhardilla. Como era el tiempo de la Revolución no había pan, ni harina, sólo patatas. Con las vigas de la buhardilla encendía la estufa. Cambiaba libros viejos por fósforos.

Con las patatas hacía sopa, y por la noche cenaban una papilla de lo que había sobrado por la mañana. Vivía con sus dos hijas y se alimentaban de las comidas gratuitas que el Estado daba a las niñas.

La mujer llevaba un vestido de fustán marrón con el que también dormía. Estaba lleno de quemaduras de los carbones que saltaban cuando retiraba la cacerola de patatas. Las mangas, que habían tenido una goma elástica, ahora estaban enrolladas y sujetas por un alfiler.

Tenían un cubo de zinc, y el cubo era importante. Tanto como la estufa.

En el cubo vaciaba la ceniza, que sacaba a un patio, junto a los dos árboles. En el cubo recogía el agua de la gotera que había al lado de su cama. En el cubo acarreaba el carbón que a veces repartían en el antiguo bulevar Guenerálov. En el cubo lavaba la ropa.

La mujer escribe un diario sobre su vida y espera que sus hijas puedan sobrevivir al hambre y al frío. No sabe que Irina, que todavía no ha cumplido tres años, va a morir en un albergue para niños durante el próximo invierno. Alia, que tiene seis, se ocupa entre tanto de su hermana: la lleva al jardín de la calle Molchanovka y le lee cuentos que ni ella misma comprende:

Una ciudad se hundió muy al norte. La gobernaba un príncipe joven que vivía ansiando la felicidad. Llegó, sin embargo, la guerra y hubo que luchar contra los tártaros. Los enemigos pasaron a cuchillo a todos los que no pudieron refugiarse en el castillo, junto al príncipe. Asaltaron también aquel castillo, construido a las orillas del lago que daba nombre a la ciudad. Lo asediaron durante meses. Hasta que ya no quedaron soldados ni víveres. Sólo una cosa pudo ordenar el príncipe: que tocaran las campanas de la torre y de la ermita para júbilo de Dios y para escarnio de sus enemigos. De las campanas comenzó a brotar agua, y el agua inundó todo el castillo y llegó hasta el lago. La ciudad se hundió en el sonido de sus propias campanas.

La mujer recordaba aquella historia y dejaba que Alia la contara mientras ella fumaba un cigarrillo que alguien le había regalado.

Todos trataban de ser buenos con ellas. Pero todos eran pobres.

Algunos sólo les regalaban palabras.

Ya son una ayuda, pensaba ella. La gente no sabe cuánto aprecio las palabras.

Más que el dinero, se decía también, porque así podía pagar con la misma moneda.

MATERIA DE DOS CORAZONES

Alguien recuerda a Bispo do Rosário

La misma historia
(desconcertante,
manida)
        la conocía ya en otras versiones.

Derramaban sobre el suelo del mercado grandes
sacos de sal impura.
Los senderos marcados por pisadas
le parecían un símbolo de nunca más,
de no tomar aquella dirección.

                El artista
(el hombre que recuerda es escultor)
a menudo pensaba
en aquel cuento, no creía que un loco
en pleno siglo veinte
se creyese Van Gogh
                (a estas alturas):
Bispo do Rosário
fue internado en la jaula de grillos;
en la planta de los menos locos, sin embargo,
donde el pan aún sabía a pan y donde nadie
era obligado

a rezar en voz alta.
Recordaba una frase, poca cosa:
un verso, unas palabras.
Así era su oración.
Sentía a veces deseos de pasear
por el jardín
del manicomio, de subir al cedro
que trajeron de la India,
capricho de un doctor
tan loco como él mismo.
Sólo le sucedía en ocasiones:
pequeños destellos de lucidez.
      (O recuerdos:
el sabor del agua limpia en la fuente.)

Un hombre con el corazón tan grande
como el de un buey.

Sería mil novecientos treinta y ocho
(había nacido treinta años antes).
¿Cuándo murió?
Vivió cincuenta más.
Pasaba el tiempo fabricando exvotos
que adornaban la ermita,
el despacho del médico,
su propio cuarto incluso.
Los otros locos
pensaban que era un brujo,
y que era un tótem
el madero plantado en el jardín,
tallado con la cuchara afilada,
teñido de su sangre y de su semen.
(Los sábados de lluvia
dan vueltas al tótem. Bajo el cedro
dos muchachos de aspecto

nauseabundo
hacen el amor. Alguien
destila alcohol en la cocina. Luego brindan
bajo la luz del mediodía, ajenos
a los ruidos de la calle: los separa un muro
y unos cristales rotos
sembrados en cemento.)

El corazón de buey que se desangra
ahora en la cocina
está cubierto por un trozo de tela, un lienzo,
una sábana
        (quizá el sudario de ese Cristo
de Río al que rezaban los internos).

Cuando la sangre
ha bañado el mármol y el suelo, se agacha el hombre,
muy lento la recoge,
piensa de nuevo en Bispo do Rosário,
un corazón sembrado en tierra de cementerio,
a unas millas de su última morada.
Lentamente se cuece
la víscera en el fuego,
metáfora tal vez de ese recuerdo
presente esta mañana.
                Tan presente.
Llegan voces del fondo de la calle:
otro infierno bajo el calor de agosto.

Confundieron su nota en el mercado:
son dulces las cebollas.

NOMBRES

Fue Eliza durante unas pocas semanas, cuando era niña. Eliza, Lily. Pronto lo cambió a Lil.

Más tarde fue Miss Steward en la carnicería. Y también mi amor, querida, madre.

Enviudó a los treinta. Volvió a trabajar como Mrs. Hand. Su hija creció, se casó y dio a luz un niño.

Ahora ella era Nanna. Todo el mundo me llama Nanna, solía decir a las visitas. Y eso hacían. Incluso los dependientes y el médico.

En el geriátrico usaban los nombres de pila de los pacientes. Lil, les dijimos nosotros. O Nanna. Pero aquello no constó en su expediente, y durante las desconcertantes últimas semanas fue Eliza una vez más.

TERCERA PARTE

PIETÀ

Tenía las venas de las piernas hinchadas y a pesar de los zuecos le dolían cada vez más los pies. Se teñía las canas al levantarse, una vez por semana. En primavera cumpliría sesenta años. Se me han hecho muy largos, le dijo a su propia imagen, reflejada en el espejo del aseo del bar.

Enchufó la cafetera y bombeó agua con la manivela hasta la línea azul. Luego encendió la estufa de leña con unos periódicos atrasados y unas piñas secas. Llenó el cubo de la fregona de agua y buscó por todas partes el detergente. No aparecía, así que tuvo que llamar a su hija antes de lo que hubiera deseado.

Las dos mujeres se llamaban Piedad. A ninguna de las dos les gustaba su nombre. Les parecía algo vulgar, pueblerino. Así se había llamado también la abuela de la más joven. Y quizá otras antepasadas. *Pietà*. Una vez el cura les dijo que era un nombre hermoso. No le creyeron. Y menos cuando dijo lleno de valores. ¿Qué tenían ellas que valiera algo?

Una barría y la otra fregaba. Comenzaron a brotar del vaporizador gotas de agua hirviendo.

Pon la radio.

Eran las ocho. Al momento pasó el coche de línea. Un gorrión se asomó por la puerta abierta, buscando el calor de la estufa.

Ha helado otra vez, dijo la madre. Sacó de uno de los cajones del interior de la barra una bolsa de tela con pan duro. Migó un poco en el cuenco de su mano y salió a la calle.

La escarcha cubría el musgo que crecía junto a la carretera. Era la última casa del pueblo. El letrero de bar colgando en la esquina.

El primer cliente del día fue el cartero.

Llevaba una pelliza con las mangas desgastadas y coderas de cuero con doble costura. Las botas tenían las suelas de chapa, con tacos pequeños y redondeados. Parecía un futbolista. Le gustaba creer eso, aunque su barriga era inmensa. Las pisadas resonaban por todo el local. Se peinó por undécima vez en el aseo, escupió en el lavabo y salió secándose las manos en la pelliza.

¿Va a nevar o no?

No le preguntaba a ninguna de las dos mujeres en concreto. Era como si le hablara al aparato de radio.

Sorbía el café haciendo ruido. A la muchacha le daban ganas de insultarlo. Miraba al cartero y luego a su madre, que seguía fregando, como si no le importara que el parroquiano dejara de nuevo sus huellas al salir. Concentró su atención en una revista que guardaba sobre el botellero.

La había traído el hombre del furgón. Lo llamaban así: vendía pescado y carne por los pueblos de la sierra. Martes y viernes. También hacía recados para algunos vecinos. Se llevaba bien con las dos mujeres.

Piedad, la madre, colocó un cubo de zinc lleno de agua sobre la estufa.

Voy al Teso, ayer me dejé las pinzas de la ropa en el tendedero.

La hija no dijo nada. Había dejado la revista. Cuando su madre salió, cerró la puerta con llave por dentro. El cartero se quitó la pelliza y se acercó a ella, ocupada ahora en mezclar el café y la achicoria en un bote de cristal.

Ponme un coñac.

Lo sirvió sin mirarle, sólo veía el licor ambarino y la copa, llena de rasguños por el estropajo. No dijo nada cuando el hombre entró en la barra y metió una de sus manos bajo la falda.

Cuando regresó la madre, la puerta del bar estaba abierta. Piedad, la hija, leía la revista apoyada en la barra. Estaba embobada con aquellos reportajes sobre famosos. En la radio sonó una canción de José Feliciano.

Vete a arrancar unas berzas para el cochino.

Se puso un delantal y llamó por teléfono para que le trajeran algunas garrafas de vino.

Pasado mañana llegarán los obreros del cortafuegos, dijo, después de colgar. Pero la muchacha había salido ya.

Cogió la revista como si le diera asco y la metió, página a página, por el respiradero de la estufa. El billete que había dejado el cartero sobre la barra también lo echó al fuego. Al momento se arrepintió. Recordó a su hijo en aquella clínica. Tenía ya la cara y los brazos hinchados. Más que mis piernas, le soltó a Piedad, la hija, cuando regresó al pueblo. Tienen que cuidarlo bien, dijo al día siguiente.

Los gorriones que se asomaban cada mañana a la puerta eran menos huérfanos que ella y sus hijos. Ya no sabía llorar, así que metió la mano derecha en el agua hirviendo: pensaba en aquellas palabras de la Biblia: que tu mano derecha no sepa lo que hace tu mano izquierda.

FILOSOFÍA

D ya no sabe qué decir. Por eso cuelga. Luego levanta otra vez el auricular. Pero no sabe qué decir.

«La sustancia del todo es dócil y adaptable, y la razón que la controla no posee ningún motivo para hacer mal, pues no tiene maldad; no hace mal a nada y nada recibe daño de ella. Todo nace y acaba conforme sus designios.»

Va copiando directamente del libro. Fecha de entrega: mañana, viernes.

Suena el teléfono. Una, dos, tres veces. Responde *alló*, por fantasías. Al otro lado L se ríe. ¿Qué hacías?, le pregunta. Nada, miente. Tumbada en el sofá.

Te haré una sinopsis de los últimos días, dice L. Pero D no está para sinopsis: Déjalo, mañana hablamos. ¿A qué hora es la fiesta?

L: No hay fiesta. Lo siento. Vienen a casa mis padres.

D: ¿Otra vez está enferma tu madre?

Ladra el perro de L. Te llamo luego, éste se está poniendo insoportable.

Ella deja el teléfono descolgado y vuelve al libro:

«Mira al interior de las cosas: que no se te escape ni su cualidad intrínseca ni su valor».

Llaman a la puerta. El portero automático está averiado, ¿funciona el suyo, señora?

No sabe si funciona. Tampoco le importa: que molesten a los vecinos. Bastante la molestan a ella los clientes del dentista de al lado.

Sí funciona. Gracias.

Si todo es confusión, mezcla de átomos y dispersión, ¿para qué quiero alargar mi estancia en ese conjunto casual y confuso?

Esta pregunta la hace detenerse. Piensa un poco, se dice. Para ayudarse, mira a través de la ventana de su despacho. Más allá del parque otra nueva línea de edificios en construcción. La ciudad crece, frase favorita de L. D, con sorna, siempre responde: El desierto crece. Nietzsche, dice L, que también estudió filosofía en la Facultad.

Si no hay fiesta, podrá ir al cine. Sola. Sin L. Realmente prefiere ir sola. Sin nadie que la moleste con sus comentarios. Ir y volver sola a casa. Y dormir sola.

Por eso no comparten piso. No es mala cosa vivir así, dice siempre L, aunque hay un deje de amargura en su voz. Prepárate para hacerte vieja, se dice D, frente a la pantalla del ordenador, el espejo de todos los días.

Tengo treinta y tres años, escribe a continuación de la última pregunta. Luego lo tacha con el cursor. No lo borra; lo tacha, como si escribiera a lápiz.

Hago lo que debo hacer. Lo demás, cosas sin vida, irracionales, extraviadas, ignorantes de su camino, no me inquietan.

Todo parece escrito para ella. El sol que ahora llega a su cenit también está dibujado para ella. Las cosas le hablan a ella y sólo a ella. Desde hace años. Desde que tuvo consciencia de que era única y diferente. Y ahora se siente algo más feliz por saberlo. Sin demasiadas dichas, sin apenas dolores: salir a la calle igual que ayer, volver a casa igual que mañana. ¿Para qué te sirve entonces la filosofía?, pregunta siempre L.

Olvídalo, se dice. Y escribe:

«Entra en el interior de los demás y permíteles también entrar dentro de ti».

Aunque ya no puede creer en esas palabras las imprime. Y va a la cocina para prepararse un café mientras filosofía y moral juegan al escondite en el papel continuo, lejos de sus entrañas vacías y sanas.

PENSAMIENTOS DE LAS SEIS DE LA MAÑANA

Con palabras de Dick Davis

Tan pronto como te despiertas
comienzan los tropiezos,
igual que un niño que aún no sabe andar,
un cachorro sin madre.
Y lo que antes fue
un paisaje surgiendo de la niebla
se convierte en jardín desordenado.
Alguien pregunta
dentro de tu cabeza:
¿Ahora quién lo pondrá todo en orden?
(Tu casa,
tus pensamientos.)

DESCONCIERTO
(LA VERSIÓN DE BALZAC, II)

No puedo dejar de complacerte. Si deseas conocer la historia de mi vida, te la relataré, aunque tendré que vencer no pocas repugnancias.

La primera parte de la ficción sería la historia de mi juventud, te gustará.

Me criaron en el campo mis abuelos. Mi madre trabajaba lejos, mis hermanos vivían con ella. Recuerdo que a mis tres hermanos les agradaba hacerme sufrir.

Esa injusticia, en vez de rebajarme, me hizo altiva.

Abandonada por mi madre, no por eso dejaba de ser objeto de sus preocupaciones, pues solía hablarle a mis abuelos de mi instrucción y mostraba deseos de ocuparse de ella. Me hacía sufrir el pensamiento de que esto me obligaría a pasar muchos ratos a su lado: ya la odiaba.

Me consideraba dichosa cuando me encontraba sola, jugando en el campo, mirando al cielo o contemplando insectos.

La soledad debía conducirme al ensueño, había leído yo en un libro.

Una tarde, a la salida de la nueva escuela, otras niñas me golpearon con un pañuelo lleno de piedras.

El día en que me acusé de haber maldecido mi existencia, el confesor me señaló el cielo. Después de mi primera comunión, animada por una ardiente fe, me entregué al rezo y rogué a Dios que renovase en mi favor los milagros que yo había leído en el Martirologio. Era 1952. Al día siguiente tuve mi primera menstruación.

Leí aquella historia: «El éxtasis me proporcionó inefables sueños que enriquecieron mi inteligencia y fortificaron mi ternura. Los ángeles dieron a mis ojos la facultad de ver el interior de las cosas. Mis visiones han encendido en mi alma el fuego de la inspiración». No pude olvidarla. Aprendí estas palabras de memoria.

Desayunar un café con leche era entonces un lujo.

Recuerdo estar debajo de una higuera: había dos gatos que vigilaban los nidos a los que ellos nunca podrían llegar. No estaban en lo alto de la higuera, sino en un granado silvestre.

Las colegialas piensan secretamente en el amor. En aquella época, estaban de moda algunos actores, media docena de cantantes. Yo no amaba a nadie, aunque soñaba que el amor era una especie de Eldorado por el que, de noche, corría el oro.

Mi padre me había presentado en casa de una de mis tías solteras, las ricas, las llamábamos, aunque no tenían más que un ultramarinos en un barrio cercano a la estación de tren, y allí iba yo a comer los jueves y domingos.

Un día se presentó mi madre en casa de mis tías. Discutieron durante dos horas. No volví a aquella casa hasta que murió mi tía Ángela, la más joven de las dos, la de peor humor.

Al llegar a mi «propia» casa, años antes, mis hermanos no me mostraron cariño, aunque pasado el tiempo, cuando ya tenía más de dieciocho y había muerto mi padre, me parecieran afectuosos en comparación con mi madre. Para conocer bien el corazón de mis hermanos tuve que observar a mi madre: me convencí de que era una mujer fría y egoísta y que una especie temible de impertinencia constituía el armazón de su carácter.

No hablaba más que de deberes, y únicamente mi hermano mayor había conquistado lo poco de amor maternal que había en ella.

Nos mortificaba con constantes ironías.

Algunas veces mi hermana, que fue luego mujer del alcalde de nuestro pueblo, procuraba consolarme; pero en aquella época mi mayor deseo era la muerte.

Leí en uno de mis libros de la escuela que para curar las heridas sangrientas del corazón no hay nada como la contemplación de un paisaje en una tarde de otoño, y que para contemplar la belleza de la naturaleza no hay nada como ver ese mismo paisaje en una mañana de primavera.

Los molinos movidos por el agua del río de mi infancia eran como la voz del paisaje; los álamos se balanceaban y el cielo estaba lleno de azul. Así soñaba yo.

Solía soñar lo mismo cada noche: que descendía al fondo de un valle y encontraba una alquería con tejados brillantes. Con tres molinos construidos en las tres islas del río, que se ensanchaba en aquel punto. El agua del río aparecía ondulada a causa de las piedras de moler. (Y un puente cubierto de hierbas y de musgo, con las barandillas inclinadas hacia el río.)

Más allá del puente había unas pequeñas granjas y un palomar en medio del campo, y pequeñas casas con vallas cubiertas por enredaderas. A las puertas, gallinas y algunos gallos.

Añosos nogales y jóvenes álamos con hojas del color, también, como los tejados, del oro pálido.

Era sólo un sueño. El mismo sueño.

«Del mismo modo que al andar por ciertos terrenos se suele saber, por el eco que producen nuestros pasos, y aunque caminemos a ciegas, si pisamos sobre piedra o sobre un vacío cubierto de arena, se adivinan también al contacto con lo que algunos llaman "la vida íntima" los subterrános de un alma minada por el dolor.»

Ésas fueron, más o menos, las palabras que pronunció ante mí uno de los maestros de la escuela. Fue el último día del curso. «A pesar de las heridas secretas», continuó hablando, «debemos caminar hacia el porvenir con la mirada serena.» Y añadió algo que aún hoy me desconcierta: «como un mártir lleno de fe».

PATCHWORK
(VACÍO)

Me queda una sensación que tú no conoces, que no puedes sentir. Me dejas vacía. Enteramente vacía por dentro. Y eso dura un día o dos, al menos. Incluso a veces una semana. Tú estás en cualquier parte y yo me he puesto este pijama para dormir, y siento que no me haces compañía apenas... Te he dicho hace un momento: Voy a salir, y sé que no eran ésas las palabras necesarias. Porque yo no salía de ti, sino tú de mí. Eso sí podrás entenderlo.

No es un dolor. No tiene nombre. Ni siquiera es un sentimiento. Pon la mano aquí, sobre mi vientre: ahí comienza todo. Ese vacío... Me abrazas un poco y el abrazo amortigua la hinchazón... Porque a veces siento como si algo se hinchara dentro. No sé si hay remedio, he de preguntarle a alguien.

Cambio las sábanas si no quiero que huelan a ti, si no quiero tu compañía. Eso es lógico, ¿verdad? Otras veces no lo hago, para que el tiempo no exista entre un encuentro y otro.

La última vez, bajé corriendo hasta la calle en pijama, detrás de ti. Si alguien me hubiera visto, me habría tomado por loca. Dijiste: «Estás descalza, pisa mis zapatos, súbete a ellos». Así me abrazaste en el portal.

Me cuesta creer en tus promesas. Tampoco las promesas llenan del todo este vacío.

VIDA

Con palabras de João Cabral de Melo Neto

Lo que vive hiere, dice la voz.
Y el eco: Lo que vive...

Intentos, solamente
(lo que vive...) intentos que fracasan,
y un cansancio que no se desvanece.

JUVENTUD

No quiere que aquellos días se conviertan en ceniza.

Su abuelo, después del trabajo, en el cruce de carreteras, charlando con los que iban y venían. Su abuela atendiendo las tareas de la casa: la limpieza de las alcobas, la cera para el suelo de madera, el guiso lento en el puchero, junto a las brasas. Ella misma, con su biquini de cien colores corriendo hacia las frías aguas que venían de la montaña.

Cree que entonces era muy feliz.

Iban altas las águilas, el cielo de aquel junio caluroso era claro, las pocas nubes se movían con lentitud. Y los manantiales se conservaban abundantes, de increíble transparencia, entre pizarras y barro.

Gastaba la tarde en ir y venir del río, en jugar a ver quién aguantaba más tiempo en el fondo de sus pozas. Hasta que el sol se enfriaba y había que regresar. De noche nadie se atrevía a cruzar el bosque, aunque ella sí.

El desván estaba repleto de mazorcas de maíz, de castañas secas, de canastas con viejas ropas y libros como *Genoveva de Brabante* o *La hija de la selva*.

La tienda de su abuelo tenía las puertas pintadas de color tabaco y una cortina de cuerdas trenzadas. En la tienda de al lado, un hombrecillo canturreaba siempre, encorvado sobre los zapatos. Los olores del pueblo parecían haberse detenido en una fecha: 1900. Aunque ya había muerto el Dictador.

Su abuelo la llevó a Hervás para firmar ante el notario su testamento. La estación de tren aún no estaba abandonada ni los raíles cubiertos por zarzas y yerbajos. Los bancos de espera, como si los hubieran pintado el día anterior. Las parras ofrecían su color, todo su brillo.

Su abuelo le contó que cuando él era joven las chicas vestían con hilo de Béjar. Las admiraba, siguió el relato, en los jardines de sus casonas, en el jardín con fuentecillas, entre los arriates que bordeaban el camino hasta, casi, las afueras.

Pasaron por una casa abandonada. Había un invernadero en la parte trasera. Las tejas, rotas, se amontonaban en el suelo, como guarida para gatos o ratas o golondrinas.

En el pueblo la llamaban la Huérfana, pero en realidad no lo era. Sus padres eran ya sus abuelos. No les hagas caso, insitían el abuelo (una vez) y la abuela (muchas veces).

¿Dónde está tu madre? En Salamanca, estudiando.

¿Y tu padre? En Salamanca, estudiando.

La Huérfana no tenía primos ni hermanos. Veía a sus padres en vacaciones. Si pasaba mucho tiempo sin ellos, dejaba de echarlos de menos.

¿Hacia dónde vas? ¿Hacia dónde vas? ¿Hacia dónde vas? En ocasiones, las voces se confundían. Pero las preguntas eran la misma.

Tampoco tenía amigos. Es decir, amigos íntimos. Porque en el pueblo todos los niños eran amigos.

¿Hacia dónde vas?

No voy, vengo, se burlaba ella de algunos.

No vayas por el bosque, puede haber un jabalí herido.

Lejos, muy lejos, sonaban disparos.

¿A quién te has encontrado en Arlington Road?

Dice un nombre, luego le explica a su amiga a quién se parece la chica con la que se ha tropezado en Arlington Road. Se ríen.

El nombre es falso, piensa ella, pero así la broma resulta ser mejor. Miente a menudo. Son pequeñas mentiras, mentiras que no hacen daño. Nunca demasiado importantes, nunca de vida o muerte. Nunca lo suficientemente graves para que alguien se dé cuenta y le diga: ¿Me estás diciendo la verdad? O: ¿No te estarás riendo de mí?

Tiene costumbres inalteraaaaaaaables. Pronuncia así la «a». Aunque le gustaría prescindir del acento y alargar la ese final. En su tierra no suelen pronunciar las eses, así que rara vez puede lucirse. Tonterías mías, le dice a su amiga, su única amiga, también española, a la que ha conocido en Londres y a la que quizá no vuelva a ver, salvo como a sus padres cuando era niña: Semana Santa, Navidad, todo el verano.

Pero no será así. No habrá tanto tiempo para compartir. Ya queda poco tiempo de juventud. De verdadera juventud. Eso se dice, también entre bromas, en voz alta.

Y las fotos no van a durar (su emoción, los comentarios y gritos al abrir el sobre) para siempre.

Año cuarenta. No 1940, y mucho menos 1840, sino su año cuarenta. Se ha regalado un disco donde La Mejor Canción ya es su canción, Su Canción Favorita. Niña que camina por el bosque y el lobo es bueno, pero falso: un niño hijo de hippies, traduce para sí, de ecologistas. Y en el estribillo canta a dúo con la cantante «No voy a entrar en ese bosque si tú no estás allí para asustarme».

¿De quién puede tener miedo ahora, ella, que nunca tuvo miedo?

Ni siquiera de la vejez. Aunque ha llorado con esa película en la que Geraldine Page hace de actriz vieja, rara y egoísta, *Dulce pájaro de juventud*.

Se ha regalado también ropa, y el perfume que le parece demasiado caro, y dos o tres libros que le gustaron mucho (para probar, la biblioteca pública: sólo compra lo que le ha gustado previamente), y promesas que no siempre cumple: iré al pueblo este verano.

Las vidas *vulgares* y las vidas *interesantes* siempre se parecen entre sí. Lo cuento como me lo contaron (al menos la primera parte). Tampoco da para mucho más la «historia», son las frases justas, con algún adjetivo de más (suelo recaer en ese pecado). Ella y yo ya no somos nada: es decir, quien me lo contó y yo ni siquiera nos diríamos hola al encontrarnos de nuevo. Ella no es ya Mi Mejor Amiga. Tampoco vivimos en Londres. Tampoco me miente más.

Si aquel verano, el verano de nuestros cuarenta cumpleaños, fue a su pueblo, no lo sé. Y tampoco quiero fabular demasiado con las cosas del pasado: la repetición de lo ya vivido, de lo vivido realmente, suele resultarme insoportable ahora. Aunque podría imaginarla. La imaginación aún no me ha aburrido. Diciendo y diciéndose, mintiendo y mintiéndose. O (lo haré por última vez) fabulando yo por ella, inventándome su historia, el relato que es este relato, como antes fabulé sin moraleja (¿o sí la hay?) su infancia en aquel pueblo y también su juventud y nuestra amistad. Así que escribo:

«Fue entonces, al regresar después de tanto tiempo, al cumplir su promesa, y de eso no hace ahora tanto tiempo, cuando comprendió que la memoria es la única salvación de lo vivido, y que la ruina, el olvido, es sólo polvo acumulado, cenizas sobre el dormido hogar, hojarasca sobre la lápida de mármol de un ser querido y muerto, que con sólo agacharse y barrerlas con la mano nos descubren de nuevo que hay pasado. Que hubo unos días. Que hubo un rostro y una voz».

MANZANAS

Déme ésas, dijiste.
«Ésas» eran las manzanas. Brillantes, muy verdes, seguramente ácidas todavía.
No importa, añadiste luego al oír mis palabras.
Llueve por primera vez en todo el invierno. Ya no hace frío. Lo arrastra el agua.
Quise que lloviera durante las últimas semanas, pero ha llovido hoy, el día inesperado, el día que yo no deseaba.
El hospital está pintado de color azul, un azul desvaído. Calmante, dirán algunos. Las puertas, verdes, también calmantes.
Nos sentamos frente a una de ellas y trataste de sonreírme. Fue una sonrisa forzada, aunque sincera, mejor que el mal tiempo del exterior.
¿Y luego, qué? Te llamó la enfermera y pasaste adentro. Media hora exactamente. Yo pensaba todo el tiempo en contarte qué sucedió anoche, cómo marqué tu número de teléfono y otra mujer, también muy joven, comenzó a hablarme, como si esperara mi llamada. Me confundió con otro, eso es todo. Pero sus palabras me han dado vueltas en la cabeza hasta el amanecer.
Tengo frío, no puedo mentirte. Pero también las manzanas sienten el frío. Estarán ateridas en la bolsa. Cuatro manzanas brillantes lejos del árbol.

¿Quieres una?, me preguntaste antes de llegar al hospital, mientras conducía.

Ni siquiera te miré, la carretera se veía deslizante, peligrosa. Negué con la cabeza. No me salió la voz.

Ahora tengo hambre.

Dos enfermeras cuchichean al pasar y ver la larga cola de mujeres que hay a mi lado: el único hombre ante el dispensario del ginecólogo.

Imagino que ese médico pregunta:

¿Le pasa algo o se trata de una simple revisión?

Lo imagino hasta que tú dices:

Era una mujer…

Lo dices aliviada.

… una mujer simpática, atenta.

Estabas casi desnuda y ella exploraba, ese verbo suelen utilizar, dentro de ti. Yo he estado ahí muchas veces, también dentro de ti. Ahora es un recuerdo, en este momento, difuso, tan parecido al vaho posado en el parabrisas.

Todo perfecto, dijiste al salir. Con una sonrisa más pura, más verdadera.

Quisiera contarte esa llamada telefónica. Cómo la mujer hablaba y hablaba y me consoló sin darse cuenta. Porque dijo: Te quiero mucho.

Ya sé que no era yo el destinatario de ese amor, pero colgué aliviado. La habré dejado a solas con su extrañeza, me dije luego.

Recuerdo el número que marqué: muy parecido al tuyo. Pero dos cifras cambiarían una vida. Si yo no hubiera nacido en el sesenta y cuatro y lo hubiera hecho en el cuarenta y seis… Entenderás esto: mi vida habría sido otra. Quizá mejor. No quiero pensar en ello ahora.

Me besaste al salir. También un beso verdadero, pero triste.

Ni el desayuno fue agradable. Eso me dio pena: sé cuánto aprecias cada desayuno, ese momento… Ya no podemos volver atrás, de todos modos…

Dejaste las manzanas en el portaequipajes, junto a los paquetes de ropa vieja y la rueda que hemos de reparar.

El hombre del garaje se queja porque está llena de barro.

Yo también me he manchado las manos, le digo, mostrándoselas. Se le alegra un poco la expresión. Pienso: solidaridad. Y me río.

Le entrego la tarjeta de crédito, miro cómo te alisas el flequillo dentro del coche, siento unas ganas terribles de pasear hasta mi casa, de caminar durante horas. Calculo mentalmente el tiempo que invertiría. Se haría de noche, así que desecho la idea.

Pon la calefacción, pediste cuando arranqué. Te pasé una mano por las rodillas. Temblabas.

En la carretera, dos camiones amarillos volcaban arena en los arcenes. Mañana será fango.

El hombre del walkie-talkie nos hizo una seña: Esperen. Luego otra: Adelante. Calado hasta los huesos, murmuro. Quise bajarme y ofrecerle un paraguas.

No lo habría aceptado, dijiste, ya sin ternura.

Hay un bosque de olmos y alcornoques ante nosotros. Lo atravieso despacio, enciendo las luces de posición otra vez. No llueve, pero todo está oscuro. Me digo: ¿Cuántas veces haré este viaje solo a partir de ahora? Calculo otra vez mentalmente. Trato de pensar en que antes o después llegará una mujer. Sin embargo, no siento consuelo.

Quisiera decírtelo. No por hacerte daño, tal vez por sentirme un poco menos solo.

La rueda, la ropa vieja, las manzanas, recito en voz alta mientras aparco. Corres hasta la casa y me miras desde el porche como si ya no me conocieras.

Me he quedado sentado con el limpiaparabrisas funcionando. Sístole, diástole, dice la lluvia en el cristal.

Nosotros hemos visto pudrirse las manzanas.

NOTAS A LOS TEXTOS

MAXIMILIAN KOLBE
En algún sitio leí que Borges quiso escribir un soneto sobre este cura católico, de nacionalidad polaca, que se ofreció a sustituir en la hora de la muerte a su compatriota Franciszek Gajowniczek. Ese nombre, Maximilian Kolbe, en realidad, fue muchos: en el texto de Borges, sería judío y alemán; en el de Levi, judío pero italiano. Al escribir este poema, yo pensaba a menudo en Cesare Pavese.

PALABRAS
Es la recreación de algunos pasajes del libro de Tsvietáieva *Indicios terrestres*, publicado por Versal en 1992, en traducción de Selma Ancira.

HABLA ZULEIKA, MUJER DE PUTIFAR...
Es una versión, infiel hasta donde pude, de «Zuleikha Speaks», un poema de Dick Davis —tan presente en este libro— que apareció en *Seeing the World* (Anvil Press, 1980). En una nota, Davis escribe que Zuleika representa, en una interpretación de la historia basada en la Biblia, al alma humana casada con el mundo (Putifar), pero en ilícito amor con la belleza de Dios, representada por José. La primera vez que leí este poema fue en una inspirada traducción al

portugués de Joaquim Manuel Magalhães, en el número 2 (febrero de 1990) de la revista *As escadas não têm degraus*, ya desaparecida.

Materia de dos corazones

A patir de 1938 Arthur Bispo do Rosário pasó su vida en hospicios y manicomios. Creó cerca de mil objetos, ensamblajes de diversos materiales sin la consciencia de que hacía arte. Un conjunto de sus trabajos representó a Brasil en la Bienal de Venecia de 1996; posteriormente se exhibieron en el Centro Georges Pompidou de París. En este poema lo recuerda «alguien»: el artista, también brasileño, Waltercio Caldas. Una de sus obras más intensas se titula precisamente «A Matéria De Dois Corações».

El 29 de junio de 1999, veinte meses después de que yo escribiera el párrafo anterior, el corresponsal del diario *El País* en Río de Janeiro, Juan Arias, envió la siguiente nota a la redacción: «Hoy tendría noventa años. De familia pobrísima, negro, Arthur Bispo do Rosário se pasó cincuenta años en el manicomio Colonia Giuliano Moreira, de Río de Janeiro. Lo internaron porque confesó que había visto a Jesucristo bajar por las escaleras de su casa. Lo trataron como esquizofrénico. En toda su vida tuvo una única obsesión: registrar con el arte todo lo que veía en el mundo para presentarlo a Dios en el juicio final. En el manicomio era un líder. Cuando pudo salir quiso quedarse. Bordaba horas enteras en sábanas viejas, pintaba y hacía collages con cartones viejos, transformaba los objetos más banales en obras de arte pobre. Invadió el manicomio con sus obras. Hoy, a los 10 años de su muerte, los críticos son unánimes: Bispo era un genio y nadie se había dado cuenta. Era un nuevo Marcel Duchamp, un dadaísta y un artista conceptual de primera fila. Bispo creaba para presentar su obra al juicio del Altísimo (…)».

Nombres

Es poco más que la traducción de uno de los poemas que Wendy Cope incluyó en su *Serious Concerns*, editado por Faber and Faber en 1992.

Manzanas

La mejor frase de este relato pertenece —es un verso suyo— a mi amigo el poeta José Luis Piquero.

AGRADECIMIENTOS

A Hipólito G. Navarro/Abelardo Linares (Editorial Renacimiento) y María José Hernández/Fernando Pérez (Editora Regional de Extremadura), primeros editores de estos textos.

ESTE LIBRO HA SIDO IMPRESO
EN LOS TALLERES DE
LIMPERGRAF. MOGODA, 29
BARBERÀ DEL VALLÈS (BARCELONA)